글 **김여진**

서울의 초등학교에서 아이들을 가르치며 '좋아서하는어린이책연구회' 운영진으로 매달 어린이책 애호가들과 깊이 교류하고 있습니다. 《소녀들에게는 사생활이 필요해》《그림책 한 문장 따라 쓰기 100》과 《떡상의 세계》(공저)를 썼고, 《나는 ( ) 사람이에요》《달팽이 헨리》《선생님을 만나서》 등을 번역했습니다. 창작이 일상을 지탱하는 힘이라고 믿으며 삽니다.
@zorba_the_green

그림 **김정진**

경기대학교와 대학원에서 서양화를 공부했습니다. 세상의 아름답고 재밌는 이야기에 그림 그리는 일을 좋아합니다. 세계 문화유산 종묘의 단청 보수 작업에 참여했고, 요즘은 아름다운 우리 문화유산 공부와 우리 시 읽기에 푹 빠져 있습니다. 그린 책으로는 《치과 가기 전날》《과학이 톡톡 쌓이다! 사이다》 시리즈와 《비밀이 가득한 초록 상점》《아기 공룡과 달달 열매》《거미 가족》《세계를 향해 문을 연 동아시아》《미래에서 내 짝꿍이 왔다》《런런런, 편의점으로!》 외 다수가 있습니다.

독후활동지 자료

전날 시리즈

학교 가기 전날

1판 1쇄 펴냄 2025년 2월 5일
1판 2쇄 펴냄 2025년 4월 30일

글 김여진 | 그림 김정진
펴낸이 김병준 · 고세규 | **편집** 박은아 · 김리라 | **디자인** 이소연 · 백소연 | **마케팅** 김유정 · 차현지 · 최은규
펴낸곳 상상아이 | **출판등록** 제313-2010-77호(2010. 3. 11.)
주소 서울시 마포구 독막로6길 11, 우대빌딩 2, 3층
전화 02-6953-8343(편집), 02-6925-4188(영업) | **팩스** 02-6925-4182
전자우편 main@sangsangaca.com | **홈페이지** http://sangsangaca.com

ISBN 979-11-93379-48-6 74810

학교 가기 전날

김여진 글 ◆ 김정진 그림

상상아이

오늘따라 도도의 발걸음은 유난히 가벼워요.

무슨 일이 있는 걸까요?

"도도야, 안녕. 어디 가니?"

"안녕하세요! 학교에 필요한 준비물 사러 가요."

"학교에 가는구나! 도도처럼 인사를 잘한다면 모두가 반가워할 거야."

아주머니가 탄 요구르트 차가 기분 좋게 통통 굴러갔어요.

도도는 힘찬 발걸음으로 앞장서 걸었어요.

마음에 드는 신발을
직접 고르는 건 처음이에요!

와,
멋지다!

"초등학교에 입학하는구나?"

"네. 학교는 어떤 곳이에요?"

"자기 생각을 마음껏 나누는 곳이란다."

"할 말이 없으면요?"

"그럴 때는 귀를 쫑긋 세우면 된단다. 잘 듣는 게 더 중요하거든."

신발은 도도의 작은 발에 꼭 맞았어요.

문구점에서 주인 아저씨는 비밀을 털어놓듯 속삭였어요.
"조심하거라. 학교는 물건에 발이 달린 곳이야.
신경 쓰지 않으면 연필도, 지우개도 자꾸 도망간단다."
도도는 깜짝 놀라 눈을 동그랗게 떴어요.
"하지만 그 녀석들을 아껴 준다면 늘 너를 도와줄 거야.
네가 글씨를 쓸 때도, 그림을 그릴 때도 말이야."

책가방을 살 생각에 도도는 어깨춤이 절로 났어요.

"학교는 어떤 곳이에요?"
"아주 값진 보물을 만나는 곳이야."
"세상에나! 어떤 보물이요?"
"네가 만날 친구들이 모두 보물이란다."

누구보다 보물을 많이 찾을 거예요.
도도는 보물찾기 선수거든요!

집으로 돌아가는 길에 도도는 오줌이 마려웠어요.
화장실로 달려가는데 저 멀리 학교가 보였지요.
도도의 머릿속에 1학년 교실이 뭉게뭉게 피어올랐어요.
'교실에서 오줌이 마려우면 어떻게 하지?'

안절부절못하는 도도를 향해
선생님이 고개를 돌려 소리쳤어요.
눈빛은 찬바람처럼 매섭고
목소리는 송곳처럼 날카로웠어요.
도도는 바지에 그만….

오줌 바다가 된 교실은 상상만 해도 끔찍했어요.

코끝에 지린내가 풍기는 것만 같았지요.

도도는 엉뚱한 생각을 쫓아내듯 고개를 절레절레 저었어요.

화장실에서 나온 도도는 벤치에 앉아 한숨을 쉬었어요.

괜히 몹쓸 상상을 했지 뭐예요.

바로 그때 낯선 할아버지가 도도 옆에 앉았어요.

도도는 할아버지에게 물어보았지요.

"할아버지, 공부 시간에 갑자기 오줌이 마려우면 어떡해요?"

"그럴 때는 손을 들고 화장실에 다녀오겠다고 말하면 된단다. 간단하지?

학교에는 계절마다 축제도 열리는데 들어 볼래?"

도도는 귀를 쫑긋 세웠어요.

봄에는 꽃들의 기지개 켜기 대회가 열린단다.
꽃잎도 줄기도 꽃받침도 몸을 쭉 펼치지.
꿀벌이랑 나비들도 꽃과 함께 체조를 해.

아름다워!

"여름에는 시원하게 물총 놀이도 하지!
더위도 걱정도 싸악 씻겨 내려가.
물에 젖은 생쥐 같아도 마냥 신날 거야."

가을에는 목이 터져라 외친단다.

꼬리에 불 붙은 망아지처럼 달려라, 달려!

울긋불긋 단풍잎도 바스락바스락 응원을 해.

"학교가 그런 곳이라고…?"
도도의 걱정은 입에 넣은 솜사탕처럼
사르르 녹아내렸어요.

도도는 오늘 산 물건들을 모조리 바닥에 늘어놓았어요.
저마다 예쁜 색을 뽐내고, 반들반들 윤이 났어요.
엄마는 반듯하고 예쁜 글씨로 이름을 쓰고,
도도는 새 물건에 이름표를 빠짐없이 붙였어요.

도도는 새 가방을 둘러메고 거울을 요리조리 들여다보았어요.
새 가방 때문인지 왠지 모르게 더 멋져 보였지요.
인사를 연습하면 할수록 가슴이 더욱 두근거렸어요.

드디어 입학하는 날이에요!
콩콩 심장 뛰는 소리가 귓가에 들리는 것만 같아요.
도도는 아무렇지 않은 척 당당하게 걸어갔어요.

"미미초등학교의 1학년이 된 여러분, 환영합니다!"
교장 선생님의 목소리에 박수가 터져 나왔어요.

'깜짝이야! 어제 만난 뽀글 머리 할아버지가 왜 저기 계시지?'
할아버지, 아니 교장 선생님이 도도를 향해 찡긋 윙크를 했어요.
도도도 아무도 모르게 찡긋 윙크를 보냈어요.

도도는 1년 동안 지낼 교실로 향했어요.
'앗! 어제 상상했던 그 긴 머리 선생님?'
선생님이 칠판에 이름을 쓰고 돌아섰어요.
도도는 가슴을 쓸어내렸어요.
선생님 얼굴에 환한 미소가 가득했거든요.

도도와 현수는 교실을 나섰어요.
아주 씩씩한 걸음으로요.
"우리 가방이 똑같아!"
벌써 보물 하나를 찾은 것만 같아요!

학교는 처음이라
도도는 아직 모르는 것투성이에요.

하지만 이것 하나만은 분명히 알 수 있었어요.
매일매일 신나는 일들이 펼쳐질 거라는 걸요!